爆走クラッカー　春一番

千里明大

梓書院

爆走クラッカー春一番

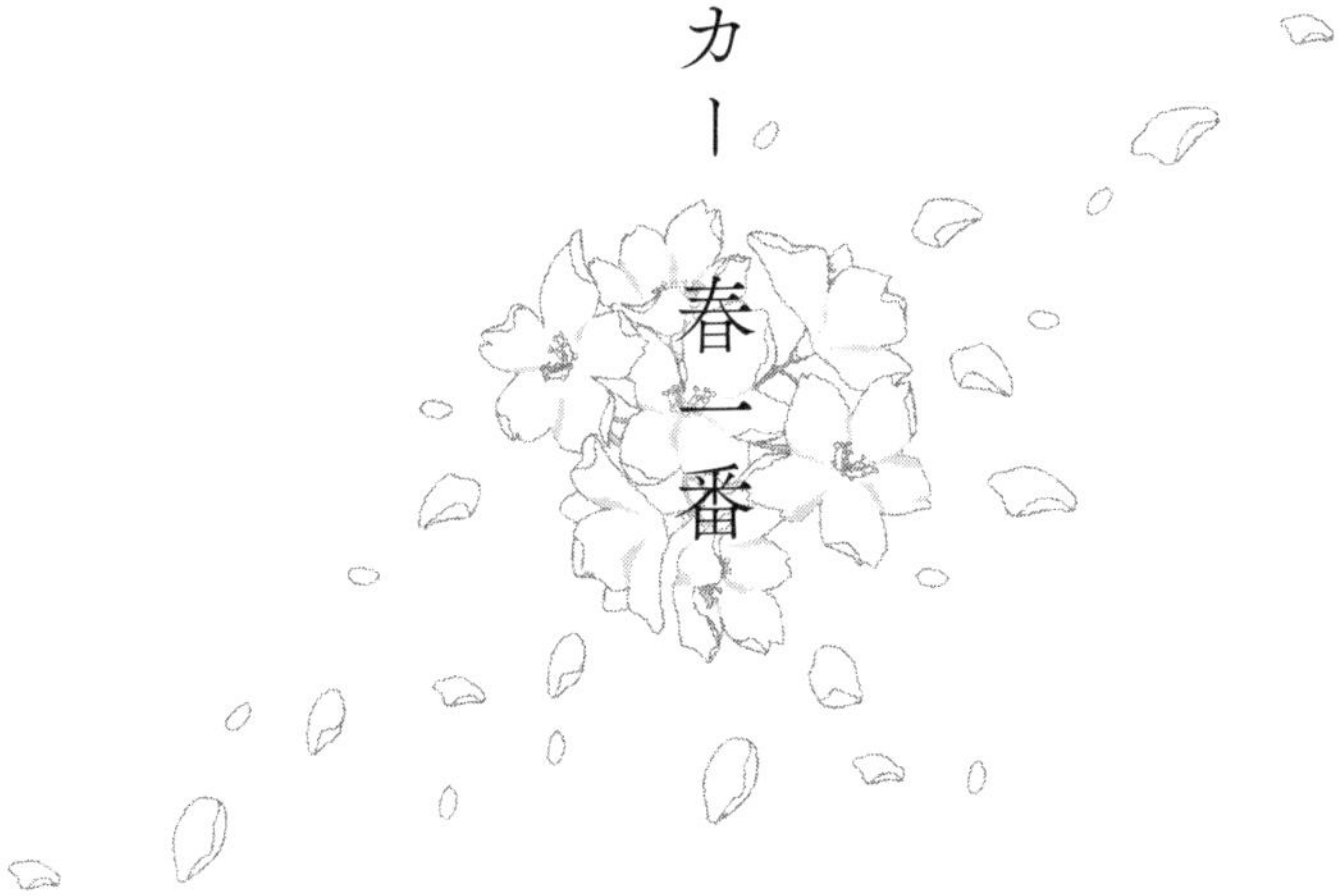

千《せん》里《り》 明《あき》大《ひろ》

もくじ

プロローグ

Prologue

京都　四条河原町
鴨川の近くで

誰かの声が聞こえた。
吉岡里帆の声か？
出雲阿国の声か？
天の巫女《みこ》の声か？

誰かが、鴨川の中から男の心に囁く。

「こっち、来て！」—

川の中から女性の囁き、その声・視線はトワイライトの景色の中から、僕をある場所に手招きで誘おうとする。

「あなた、なかなかやるわね！　卒業式でクラッカー鳴らしてビンタされるなんて！」

その先輩はあまりにも素敵で………

僕はその声に従って、心の赴くままに京都河原町駅に向かって走り出した。
もう後戻りはできない。
…何か幻影が見える。

まさか！　昔の恋人、サクラが見えた。

ライトアップされたショーウインドウが、おぼろげに僕の心をつかむ……。
僕はその光と一体化してほぼ無意識になり、そのまま自分の心の声だけを聴いて、京都河原町駅を越えてＪＲ京都駅にまで来てしまった。

何も考えずに爆走し、自販機で買った缶コーヒーだけを手に、一気に博多行きの新幹線に飛び乗った。

そして、新大阪に向かった。

光が光を呼ぶ！　なつかしい思い出が叫ぶ。

ライトアップされた新幹線の鳥飼車庫
大阪モノレールが新幹線の頭上を走る
昔　開通を待ちわびていたモノレール

新幹線から太陽の塔が光り輝いて見える。

どんどんそれらを新幹線が追い抜いていく。

神崎川を渡る。高校時代ここを友達とパンを食べながら歩いた。上新庄駅が見える。

「もうすぐ新大阪だ」

サクラ

Sakura

僕はある記憶を思い出した。

あれは、１９８７年1月29日。

高三最後の、英語のテストの前だった。

サクラと会いたいと思いながら、阪急電車に乗っていた。胸はドキドキ高鳴っていた。

「正雀、しょうじゃく…」と車掌さんがアナウンスしながら、電車は正雀に停車した。

「いないな、サクラは」と思い、僕はひどく肩を落とした。ここはいつもサクラが乗る駅なのに……。

しばらく電車の中を探していると、淡路駅で別の車両に乗っているのを見つけた。いきなり声を掛けるのは恥ずかしかったので、サクラの後ろの席に座った。「関大前、かんだいまえ」というと途端に乗客が減る。すると、サクラが席に座ろうと振りむいた。

「あ！　春来《はるき》やないの」

僕は嬉しくて満面の笑みを浮かべた。サクラは横に座り、いっしょに喋りだした。隣りに、彼女の友達もいたが、僕はその子と話すときもサクラの方に目がいってしまっていた。視線だけでなく、心もサクラの虜になっていた。


僕たちは南千里駅で降りた。

二人っきりになりたい！

サクラの友達は誰かと歩いて行った。「ゴメンね」と心の中で呟く。サクラと二人で階段を下りて、石畳の広場へ。ついに二人っきりだ！


―この瞬間、時間は停止していた―


間近にサクラの白い綺麗な笑顔が見える。

サクラは美しい！　好きだ！

サクラは僕の方を見て呟いた。

「どこの大学受けるの？」

「まず、2月の最初がK大学、次がM大学、次がW大学だよ」

僕は言いながら、なかなかサクラの目を見ることができなかった。横目でチラチラと……。二人は南千里の公園の中の銀杏並木を見ながら坂道を歩いていった。もう、間もなく新芽が出そうな雰囲気だ。サクラと4月に出会って1年近く、冬も終わり、春がすぐそこに来ている。もう、季節が一巡しようとしている。

「あと6分で、テストが始まるね」

と僕は言った。時計は8時34分を指していた。

「テストに間に合わせて息が切れるくらいなら、ゆっくり歩いて行きましょう」

サクラが言い切った。堂々としたものだった。

僕にとって卒業テストは大切なものだったが、僕はサクラとの最初で最後の、人生の中で二度と訪れることのないかもしれない瞬間を選んだ。

サクラといっしょに歩いていけるのもこれが本当に最後かもしれない。何となくそんな気がした。サクラとゆっくりお互いの仕草を感じながら、流れゆく景色や季節を懸命に自分の心に取り込んでいった。でも、全部は取り込めない。すべてが、終わりに近づいていく。今思えばこれが「別れ」――高校３年生の最後の瞬間というものだったんだろう。僕とサクラだけの卒業式。最後の瞬間というものは突然訪れてくる。このチャンス！　太陽の塔の神様の仕業か、それとも岡本太郎先生が与えてくれたチャンスなのか！

けやき通り交差点の信号が赤から青に変わろうと点滅していた。それに呼応するかのように、心臓がバクバク揺れる。

走ってきた車が速度を落とした。

『信号機、ずっと赤になれ！　壊れろ！』

ついに、交差点を渡ってしまうのか……。

交差点を渡らなくてもいいじゃないか！

向かい側の小高い坂の階段が僕らを次の人生に行かせようとしている。行きたくない！必死に抵抗した。もう一度サクラを見る。やっぱりサクラだ！　でも、もう前のサクラじゃない。時の流れに抗うことができなかった。

ついにその瞬間はおとずれた。サクラが階段を登って言った。

「もうここで別れましょう。春来は卒業式でクラッカーを鳴らしたり、いろいろ悪い噂を聞いてたりしたけど、とてもいい人だった。ありがとう、楽しかったわ」

テストの始まりのチャイムが聞こえた。終わってほしくない瞬間だった。僕は彼女に手を振った。好きな人に理解してもらえて嬉しかった。暖かい気持ちになった。

「バイバイ」

わずか20分間くらいだったけど、一生分くらいに感じた。頭の中も、心の中も、胸の中もサクラへの思いでいっぱいだった。あらゆるものに体を、心をぶつけたかった。

夢

Yume

1

36年前、サクラと別れたあの南千里のけやき通り交差点に、俺は運命を感じて夜の景色と溶け合うメタリックブルーのワーゲンを乗りつけた。すると、毛皮のコートを着たサクラ似の女性がこちらを見つめて、手を振って立っていた。俺はインスピレーションと勢いだけで、何事もなかったかのように「よぉ」と言って彼女と再会した。

まさか、会えるなんて！　まさかはあるんだ！

サクラという確証はないが、自分を信じ込ませて…。

ＢＧＭは、「太陽にほえろ86」のオープニングだ！

―ありえない展開―

―しかも、真夜中だった―

この36年間いろんなことがあったし、いろんな経験もしたが、あの時の続きというように……。そのまま、二人は東京に向かって走り出した。

「久しぶり」

サクラが明るく言う。俺は「おす、どうしてた」とわかっているふりをして切り返す。

ここからは冒険だ！

「ちょっと東京行ってみるか」

「いいわよ」

目指すは、ミッドナイト不夜城の新宿。

「面白いぞ」

「どこが？」

「全部だ」

メタリックブルーのワーゲンは、真夜中を飲み込みながら名神高速を爆走した。山崎の灯り、天王山トンネルを越えて、天下分け目の戦いに勝ち、そのまま新幹線を横目にグングンアクセルを加速し、異空間を越え、京都を越え、関ケ原を越え、静岡を越え、横浜を越えた。中央高速は、日野の大坂上を越え、ついに多摩川を渡り、新宿に向かって加速した。いくぶんか夜も白んで、朝の新宿2丁目だった。朝陽がまぶしい。サクラも眩しい。

—俺が　いろんなものを置いてきた場所だ—


「オォ、ハルキ!」とシオンが声をかけてきた。

「Long time no see.　ツレハ?」

「サクラ」

「オオ　フレンド　オア　ラバー?」

「両方」

「オツカレ!」

シオンの威勢のいい声が久しぶりに聞こえた。俺とサクラは朝まで踊った。舘ひろしの『Dance・舞《マイ》・乱舞《ラブ》』がテンポよくかかっていた。二人は髪を振り乱して、すべてを忘れて踊りまくった。

　踊り終えて、サクラが目一杯手を伸ばして俺のカバンからカメラをとり、「あなたの過去、あたし知っているわよ」と言った。

「ヘェ〜何それ！」

　俺は答える。

「あなた、あたしの家に一晩泊まっていったでしょ！」

「言われてみれば」

「そのあと、行方不明になって記憶を失ったのよ？　あなたの記憶はいつもあの時のまま」

　俺はあの時歩いた新幹線の上新庄の高架下の道路のことを思い出した……。新幹線が真上を通っていた。コンビニの光がまぶしかった。しかし、心はなぜか空しかった。

2

「ちょっとご飯食べない！」

俺はサクラを誘った。

「どこ」

「隅田川のほとり。吾妻橋のたもとだよ」

「アサヒビールの？」

「そうだよ」

胸がワクワクしてきた。


「行こう！」

俺はクルマを飛ばして新宿から四谷、御茶ノ水を通り抜け、東武線のある浅草についた。

浅草寺あたりの伝統的・個性的な東京の街を歩くと、サクラも興奮したのか頬を赤らめた。

「どこまで、あなた知っているの？」

サクラは俺があまりにも東京に詳しいのに驚いていた。

「18歳までの記憶は、すべて大阪に置いてきた。これは東京の記憶」

俺は答える。

「新しい俺は、東京中を歩きに歩いた。それまでの自分のすべてを捨てながら」

俺は、はじめて東京に来た当時（１９８８年頃）御茶ノ水界隈や新宿などを走り回った自分の姿に思いを巡らせた。まさに、新宿の高層ビルの間を吹く風のように過去・現在・未来をつなげながら……。

必死に走り回った。バブル経済も始まったところだった。人生に、怖さがまったくなかった。面白いだけの人生が横たわっていた。勢いに任せて走り抜けた。

「楽しかった？」

「ほとばしるヨ」

「ちょっと、隅田川のほとりを歩こう」

「綺麗ね！　夜のアサヒビールのネオンが」

「ビールでも飲むか！」

「いいわよ」

サクラは答える。笑顔がとても素敵だ！

飲んでいると酔いも手伝って気持ちが大きくなってきた。

「そろそろ、次行くか」

「どこっ？」とサクラは大阪弁で言う。

「内緒」

「ズルい！」


電車で西へ向かった。そこは、丸ノ内線が神田川を渡るために地下からちょうど地上に出るところだった。

「これがあの、南こうせつとかぐや姫で有名な『神田川』」

「そうだよ」

「へぇ」

「24色のクレヨンいるか？」

俺は『神田川』の歌詞になぞらえて、サクラに問いかけてみた。

「もっといるかな……」

サクラは意味深に囁いた。その瞳はしっとりと潤んでいた。

人間が生活する中で、日々感じる感性がどんな色をしているか、例えればきりがない。

それこそ、毎日いろんな色が混じり合って今日という日を創っている。

現在・過去・未来、昨日・今日・明日。そんなことを俺は神田川を見ながら感じていた。

3

「つぶろって店があるんだ。そこに行こう！　今日という日に酔いながら乾杯しよう！」

「ウン」

「おいしいカカオフィズが飲めるし、マスターも指のサインだけでとてもリラックスできる」

「行こう」

サクラが指を絡ませてきた。夜の帳の中で、俺はサクラと軽くキスした。中央線や総武線が御茶ノ水駅に入ってくるたびに二人の顔を明るく照らした。サクラの表情が潤んでいる。そして、下にある丸ノ内線のトンネルが、列車が通るたびに鼓動した。その鼓動が足許から心を惑わせる。丸の内線は神田川のところで一瞬だけ姿を見せて橋を渡る。

春風が吹き、サクラの美しい髪が俺の頬を撫でた。沈丁花のラメ色の香りが、鼻孔をくすぐる。

…あの時の香りだ。１９８６年４月！

「思い出した。あなたがあの時のサクラちゃんだね」

あの時の記憶が甦っていく。俺の茶色い瞳がまっすぐにサクラを捉えた。サクラはドキリとした様子で俺を見つめかえす。

「そう、あたしよ」

「今までの俺の想いを受け止めてくれ」

「いいわよ」

俺はありったけの想いをサクラに何度も送り込み、その場で意識を失い、死んだように眠った。もう、死んでもいいと俺は思った。しかし、不思議と目が覚め、その後二人はそのままあてもなく歩いて、ある大学の記念館の部室で昼まで眠った。惰眠をむさぼるとはこのことかもしれない。記念館は肌寒く、二人は毛布を探したが見つからなかった。いろいろ考えたけど仕方ないので、代わりに新聞紙を巻いて部室の中で寝た。早春の夜風は肌寒く、風邪をひきそうであった。

でも心は暖かくほかほかしていたので、何も気にならなかった。

「ハルキ、昨日のこと覚えてる？」

「少し」

「ずっと私の胸の中でスヤスヤ眠っていたよ。気持ちよかった？」

「ああとても。君のことがやわらかく感じられた。ここ、もしかしてＭ大の記念館の部室？」

「そうみたいよ」

「ここは、すごく自由な空間なんだ。いろんな人が来る。厚化粧も、ひげボーボーも、ニヤニヤ男もトランペッターも、みんな突然やってくる」

「へぇー！　面白いね」


１９８０年代のバブル景気の頃というのは、多様化の極みだったような気がする。この東京のど真ん中で、俺たちは自分たちの「楽しいだけの個性」を展開していたのかもしれない。本当に、面白いだけの……。


「ここでは、トランペットを吹いたり、踊ったり、鍋料理したり、語り合ったり、何でもできるんだ」

「本当に自由な空間なのね」

「とても」

サクラは春来が過ごしていた東京生活を想像し、素敵だと感じた。彼は、大阪で記憶を失った後、無意識の状態でリラックスしながら自分を生きていたんだと思った。その中で、知らぬうちに『本当の自分』を取り戻したんじゃないかと……。


「ハルキは、自分をどんな人だと思う?」

「俺さぁ、どこか詩人で哲学者なんだよね」

「研究テーマは?」

「『感性のルーツ』、かな?」

俺は毎日東京中をぶらつきながら景色をみたり、古本屋街を歩いたりしながら人と街の関係をいつも考えていた。特に、神田川に映るネオンや電車の色が彩り鮮やかに変化するさまが好きだった。サクラはそんな春来にリスペクトの思いが湧いた。

「へぇー凄い」

「じゃあ中央線に乗ってみようか」

「それって東京の」

「ああ、有名なオレンジ色の電車だ」

4

お茶の水から中央線快速に乗って大都会・新宿を通り越し、更に西へと進んでいくと、立川という駅がある。ホームが広い。俺はかつて、この駅に向かう電車の中で倒れて意識を失い、担架で運ばれたことがある。ひとつ前の西国立駅から立川駅に到着するその何分間かの中で、俺は女性が松明《たいまつ》の中から手招きする夢を見た。あれは何だったんだろう。

空が高い。さらに、西へ進んでいくと日野という駅がある。同じ東京でも緑が多い。

「ここはどこ?」

「日野。ちょっと行くと、松任谷由美さんが歌った中央高速の高架下を通るよ」

「あの中央フリーウェイっていう……」

「ああ」

二人は日野駅を出て坂を上っていくと中央高速に出くわした。ゴツンゴツンと車が通り、コンクリートの揺れる音がする。

「おーいサクラ、いい浮世の詩ができたぞ」

「何、何！」

サクラも嬉しそうに言った。

ゴツン、ゴツンという爆音も、二人にとっては愛の囁きだ。俺はニヤリと笑う。

「もう、何考えてるの」

サクラが俺の背中を叩いた。


「歌を唄いたくなった」

「どんな？」

「松崎しげるの『愛のメモリー』って知ってる？」

「聴かせて」

「美しい人生よ、限りない喜びよ、この胸のときめきをあなたに……」

「凄い、ハスキーね」

サクラはうっとりしていた。これほど感じる声で歌われたら、堪らないだろう。

「ネエ……」

「どうした……」

「指、絡めて」

「オオ！」

やわらかい指がくすぐったい。心もくすぐられる。からめとられた指が離れられなくなった。

舘ひろしの『Dance・舞・乱舞』が流れてきた。

「夜をすべりながら　woo...　Dance my love　心迷うまま Dance!」

パンチと香水の甘い香りのする声がはるか彼方から聴こえる。


「なぁサクラ」

「ネェ春来」

夜の帳が下りてきた。二人は中央高速の近くの部屋で眠りに落ちそうだった。

「こんな自由いいね」

サクラが言う。

「夕焼け見れて、ビールが飲めるなんて、サイコーだぜ」

二人は、目を見合わせて笑いあった。何もないんだけど、最高なんだ！

更に続けて、俺はバービーボーイズの『女ぎつね on the Run』を唄いだした。「急がなきゃ見失うぜ」と、思いをタップリ込めて歌った。

ふと俺は思い出して、サクラに「この曲、お前のいない１９８７年の三ツ矢サイダーのＣＭで流れたんだよな」とつぶやいた。

「あたしの存在ってそんなに大きかった…？」

「ああ、あまりにもサクラのことが好きすぎて、時間が経てば経つほどどんどん穴が大きくなって、最後は奈落の底まで落とされてしまった」

俺はしみじみ言った。その穴は時間が経つとともにドンドン膨らんで人生が破壊されるんじゃないかと思った。俺は毎日何とかしてくれと祈り続けた！

19歳の時、引っ越し先に暑中見舞いがサクラから来たときは、天井が抜けるくらい飛び上がって喜んだ。確か、麦わら帽子をかぶった女の子がスイカをプレゼントする絵が描かれていた。

小泉今日子の『スマイルアゲイン』が妙に胸にしみた。心は、高校3年の時の千里高校時代の二人の姿を回想していた。

「その穴を埋めるために、俺はここまで生きてきた。死にそうだったよ！」

「ありがとう！」

サクラは言った。そういえば、この間の朝、サクラの夢を明け方に見た気がした。彼女は以心伝心、テレパシーでも通じたかのようにこう言った。

「この間、あたしアナタの夢に出たでしょう？」

「ウン、とてもうれしかった。いっしょに寝てて、とても気持ちよかったよ」

俺は正直に答えた。

「あたし、新幹線で新大阪から京都に行く途中、アナタの声が万博記念公園あたりで聴こえるの…」

「すごいな！」

「私と別れてから10回以上大阪を通ったでしょ？」

「ウン。いつも君を意識しながらいつか逢えると思って大阪の街を歩いていた」

俺は自分の心を、サクラに伝えた。

「アナタのヘルツ感じるの」

「あたしだけの高感度マイクよ」

ウフフッとサクラは笑った。サクラの目が潤む。

「あなたの指先と視線が欲しい。のけぞらして」

「いいよ」

俺はサクラの髪の毛とブラウスを光沢に沿ってなぞりながら、瞬く間に春の夢に堕ちた。

通りすがりの菜の花が微笑んでいた。

5

二人にとって今日という日はすごく大切な一日で、明日というのは今日の延長である。

そんな中、俺はサクラを住みかに置いて、一人で川崎球場に向かった。俺が東京に来た目的の中に、『川崎球場の真実』をつかみたいという思いがあったからだ。運よく、川崎球場の役員さんが球場を開けてくれた。「どうぞ」と言われると、あの夢にまで見たグランドに入れた。一つ一つの景色が、暖かく俺に語りかけてくれる。俺もそれに応えていく。「ああ、あのライトスタンド、張本勲選手が山口高志投手からネットに当たる大ホームランで3000本安打したところか」なんて考えているとワクワクしてきた。実際にライトスタンドに入り、その現場を確かめる。そこには、張本選手のために造られた『3000本安打の達成の碑』が。はぁ、ここまで飛んだんだと思うと、張本選手の打球の凄さを改めて感じさせられる。そして、もう一つ知りたかった真実、千田啓介選手が現役最後のホームランを打ったレフトスタンドを訪ねた。秋の夕暮れに沈むような高い打球がぽとりと落ちたのが印象的だった。あぁ、ここに打球が当たり弾んだんだなと、レフトスタンドの席を撫でた。もうすぐ新しい時代が始まる前の、1978年頃の出来事だった。あの、ボールを遠くまで運ぶ川崎特有の浜風が師走の終わりを告げているようだった。


俺はふと考えた。

「なぜあの時、サクラに『好き』と言えなかったのか。なぜ言わないまま、離れ離れになってしまったのか……」

ずーっとそんなことを考え続けた。

あの眩いばかりのサクラの肢体に俺は圧倒されたんだなと感じた……。18歳の頃の、あの美しいサクラ…。

そんなことを思いながら川崎から南武線に乗って、俺の人生が覚醒した立川駅で降り、中央線に乗り換えて日野まで帰った。

「サクラただいま！」

「春来、今日楽しかった？」

「うん。だけど心の中はサクラのことばかり考えていた」

「ウソ！」

そうは言っても、サクラは嬉しくて頬が真っ赤になっていた。

「ウソだよ」

俺も照れ隠しにそう返した。「もう！」とサクラが寄りかかる。柔らかなサクラの体が艶めかしかった。

「夕飯どこで食べる？」

「分倍河原まで行こうか」

分倍河原は、京王電鉄とＪＲ南武線が乗り入れており、便利な場所である。

「あそこにはうまい居酒屋があるんだ」

「おいしいの？　ゆっくり食べたいな」

「大丈夫！」

二人は日野駅から中央線で立川まで行き、そこから南武線に乗り換えて分倍河原まで行った。

「生ビールたのもうか」

「いいね」

「生2丁」

二人は乾杯の祝宴をあげた。

「「カンパーイ」」

二人は興奮して頬を赤らめた。

「春来、あたしに何か言いたいことがあるんじゃない」

「何、改まって」


返事を待つサクラに、俺は人差し指と中指を絡めて「好きだ」と言った。

「そんなこと言わせたかったの？」

「ウン」

「意地悪なヤツだな。でも、俺もこれを言えなかったおかげで30年以上も苦しんだ、もう苦役からの自由だな！」

「大変だったね、苦しんだでしょ！」

サクラも言った。

「春来、今度、大阪のマンションで暮らさない？　あたしマンション買ったんだ」

「そうか、で、どこ」

「大阪梅田の淀川が見えるところ」

「へぇ懐かしいな、阪急電車が見えるところ」

小さい頃、大阪梅田の豊崎ビルから、模型のように走る阪急電車を見たことを思い出した。店を吹き抜ける夏の涼しい風が心地いい。「ああいいなぁ」と俺は言った。「あ・た・しも」とサクラも言った。

「さぁ飲もう」

サクラが俺にお酌してくれた。

「ありがとう。生き返ったよ」

「生きててよかった？」

サクラが安堵の表情を浮かべて呟いた。酔いも手伝ってか俺はサクラにカミングアウトしたくなった。

「実は、俺、大阪にはトレードで行ってたんだ」

「えっトレード?」とサクラは訝しげに聞いた。

「ああ、俺のオヤジとオフクロは子どもができなくて。実は俺には兄貴がいたらしいんだが、次男は養子にということで大阪に行かされた。でも、大阪に行ったおかげで君と逢えた。それで、良かったんじゃないか」

それを知ったのは50歳を過ぎてのことだった。サクラはそれを聴くと目を潤ませた。続けて、俺は言った。

「俺はそのおかげで大阪の文化を知ることができた。特に、バブル前の上昇カーブの中で、自由で制服のない千里高校で生活できたのは、今思うとラッキーだったな。もし、九州にずっといたらそんな経験は絶対にできなかっただろうね」

「さみしくなかった?」

サクラは言った。

「君がいつも声を掛けてくれて、俺の心は暖かいものになっていった。人を好きになるということはこんなにも人生が楽しくなるものかと教えてくれた。最初の頃、君がいつも俺の周りに来るので大変だったけど、最後には君なしでは生きていけなくなった自分がいた。感謝の言葉しかない。ありがとう」

俺は、本当の心をサクラに伝えた。サクラは嬉しくてたまらなかった。「あたし嬉しいわ」と笑顔で言った。

「だから、春来は卒業式でクラッカー鳴らしたり、自転車で暴走したり、教室ぬけたりいろいろしていたのね。私は、あなたは噂で聞くような悪い人には見えなかった」

「ありがとう……。今考えてみると虚しさをいろんなところで埋め合わせしていたのかもしれないね。サクラ、君にはそんなところが見えていたのかも」

「あたし何となくあなたのそんなところが見えていたの……。それとあなたには何か不良っぽくて、人を惹きつけるものがあったわ」

「さぁ飲もう、ハイボール」

「いいわ」

「マスター、ハイボール2丁」

マスターは何も言わないで、指でピースのサインをつくってくれた。ここの、マスターはいつもピースのサイン。平和が好きなんだ……。

「ふたりの平和に乾杯！」

「素晴らしいわ」とサクラは言った。

「何か、お酒とあなたのハートに酔いそうね」

「へへ」と俺は笑った。

6

「あなた、あの後どんな人生を歩んだの」

「言葉で言い尽くせないよ。まあ、長かったし、短かったかな」

「また話そらしちゃう。でもあなたのそんなところが、とても魅力的よ」

サクラはうっとりして言った。

「魅力的ついでだ。新宿、御茶ノ水といくか」

キラキラしたネオンが二人の心を、何もなかったように輝かせてくれた。赤・青・黄・緑のネオンが、どれも艶めかしく映った。二人は酔いに任せてストリートで踊りながら手をつないだ。

「面白いわ、何もない人生」

「ああ、ストリートに吸い込まれていきそうだね」

「どこまで続くの」

「きっとシルクロードまで。行ってみる?」

「嫌よ」


「あの続き大阪でしない」

「いいよ」

「やったあー」

「今度はワーゲンで走ろう」

「楽しみね」


ふと俺は思い出した。昨年、京都へ旅行に行ったとき、ライトアップされた『太陽の塔』が偶然見られたことを。もう一度『太陽の塔』のもとに行って、自分の高校生活の本当の思いを確かめたくなった。もう卒業してから36年くらい経つ。『太陽の塔』に、千里高校での生活を総括してほしかった。

「サクラ、太陽の塔は俺とお前をあの時見ていたんだぞ…。何を思っていたのかな?」

「君が手を振った時、時間が止まって見え、何かが終わった予感がした」

それは、今考えても胸が痛む。どうして⁉という思いにもなる。

「私もよ……。私も後悔した。ずっと後悔した。だから、東京に行きたかったの。春来の思いのこもった…」

そこまで思ってくれていたのかと、俺はぐっと言葉を振り絞って言った。

「ありがとう！」


次の日、二人はブルーのワーゲンに乗って大阪へ出発した。太平洋の海が素敵に輝く東海道を通って、その中でもとりわけ絶景の薩埵峠《さったとうげ》をめざした。ここを見つめ続けていると「運命の赤い糸」「広重の濃いブルー」を感じずにはいられない。浮世絵の東海道五十三次に出てくる、風光明媚な景色で有名な場所だ。ここから望む富士山・駿河湾・東海道線・東海道新幹線・国道一号の曲線美は絶品である。

「サクラ、君は、この見晴らしの良いところで何かの雑誌に出てなかった？」

「ええ。あなたと別れてから私、あなたに逢おうと思って、東京をめざして旅したの。その時、ここに寄ったわ。でも、残念ながらあなたには会えずじまい。それにあなた、あの時、別に付き合ってた子いたんじゃない？」

「ああ」と俺は何気なく答えた。「わかるのよ！　女の勘で」とサクラは言った。

「お前もいたんだろ」

「ええ」

「じゃあ、おあいこだ」

「ハハハ」と二人は笑い合った。年齢を重ねていくと若い時は許せなかったことも許せるようになってくる。俺もサクラと別れてから30年近くいろいろあった。ありすぎた。でも、とても楽しかった。まるで広重ブルーのような濃い経験が、俺の今の余裕に繋がっている。

俺はニヤリとしていた。この深い笑顔にサクラは、昔感じることがなかった春来の凄味を感じていた。

「あーあ、人生だいぶきちゃったね！」

「これからだ、絶景を見るのは」

絶景とは何のことだろうか？

大文字山のことだろうか……

昨年、俺は人生の中でほぼ絶景だろうというものを見ることができた。ただ、あと一歩で完全絶景というところをするりと逃げられた。あろうことか、またしても36年前、俺の前を通過していった阪急電車がニコニコしながら去っていった。またしても過ぎ去っていく阪急電車。そして、全国水泳大会の帰りに、何度も何度も彼は西京極駅を走り去る阪急電車を確かめた。『運命の阪急電車だな！』そんなことを俺はふと考えた……。

二人で「さぁ、えび天丼でも食べるか」「いいね」と言い合いながら、アッという間にそれを平らげた。そして、夢見心地で絶景の・広重の薩埵峠をあとにした。

7

おなかを一杯にしてエンジンを吹かしながら、東名高速に乗り、長久手に向かった。愛・地球博が開かれた場所だ。

「マンモス見たの？」

「ああ、角がとても大きく印象的だった。たぶんそのマンモスはアリューシャン列島から渡ってきた本物のマンモスだった」

「ロマンがあるね」

「最初見たときは、といっても最初で最後だったが………そのまま勢いでカナダまでいこうかと思ったよ」

「カナダ？　素敵ね」

「オカナガンレイクは本当に絵のような神秘の世界。吸い込まれるよ」

「あとアメジストも最高」

「最高ね！」とサクラは言った。愛・地球博は二人の人生が実り多い豊かなものになることを預言してくれたのかもしれない。そこに、運命の赤い糸があったのかもしれない……。

その後、俺とサクラは一路、大阪に向かった。関ケ原を越え、大津を越え、しばらくすると京都の街中に入った。そのまま、車は春の日差しを浴びながら歴史に名高い天王山トンネルに近づいてきた。何か、うっすら妖気や霊気が漂っている。新幹線から見ても、サントリーの山崎工場が目印なのでわかりやすい。おまけに、新幹線と阪急電車がこのあたりで並走し「どっちが抜くか」なんてシーンを見られるのもこのあたりならではだろう。

俺は、サクラに言った。

「俺とお前の天王山はいつだった？」

「天王山を感じる前に、あなたは九州に行ってしまった」

１９８７年1月29日の『千里けやき通り・愛のある坂道』以来、俺は浪人生活を余儀なくされ御先祖様がたくさん住んでいる九州で受験勉強をしようと決心した。

「そして、一年後、運よく東京六大学の『東京ド真ん中』にある学校に入学できたので東京にやって来られた」

天王山はいつしか二人にとっても過去という歴史になっていた。思い起こせば、めまぐるしい激動の18・19・20歳の青春時代だったと思う。あの3年間（１９８６年から１９８８年）は、大阪・九州・東京と日本列島の西半分を横断し続けてきた気がする。まさに、冒険家だった。春の夕暮れを見ながら、俺は物思いに耽っていた。

サクラが「春来、さっきから何ボーッとしてるの」と問いかけてきた。

「いや、いろいろ過去のことを考えていると現代に集中できなくて」

「まぁ、病気?」とサクラは笑った。俺も笑った。この病気は養子として兄弟姉妹から離され、九州から大阪に送られて以来治らない『不治の病』だ。俺はいつも人生に疑問をもって生き続けてきた。サクラは、そんな俺をいつも明るい未来に連れて行ってくれる素敵な存在だった。

『だから俺は太陽の塔の近くにある、陽がサンサンと降り注ぐ、明るい・新しいイメージの千里高校に行きたかったんだ』

俺は静かに呟いた。車が「太陽の塔」の近くに来た。芸術は爆発しそうだ…。

ついに、千里だあ！　万博だあ！　俺は胸がドキドキした。岡本太郎先生の「太陽の塔」が目の前にある。天まで突き抜けていきそうだ。ここまで来ると俺の千里ブルースが流れてくる。この「太陽の塔」の真下で応援団の副団長として佐野元春の『TONIGHT』を聞きながらみんなでダンスしたんだ！

体中からこみあげてくる、人間としての太古からの叫び声がズドンズドン響いてくる。

「ひゃっほー」と俺は雄叫びを上げた。

車は「太陽の塔」を右手に見ながら加速してくる。

「サクラ、スピード上げて」

もう振り返ろうとしない、素晴らしい時だった。すかさず「いいわよ、一気にあなたの好きな淀川にいくわよ」と言ってくれた。

「オッス」

車はドンドン加速していく。

「春来、あそこ！」

「あ、けやき通りの信号だ」

「私たちが歩いて、最後に別れたあの公園」

「千里南公園だ」

阪急千里線のトンネルが見える。電車が走る、体中に電気が走る！　忘れられない交差点のあたりに、鼻腔をくすぐる沈丁花の香りが濃厚に立ち込めている。何度その香しい薫りを嗅いでも春はつかめない。記憶の中を通り過ぎるだけ………。

「サクラ、あそこから36年間の人生は大変だった。君が、手を振ってくれた残像が今も記憶に残っている」

「あたしは『忘れた』。…というか、無理に忘れようとしていた」

サクラは遠くに視線を映して答えた。

「でも、やっと逢えたね」

「このクルマどこに進んでいくんだろう」

「私も分からない」

「俺もだ」

春の膨らんだ空気が二人の人生を加速させていく。車は彩りのある川を、大阪のキラキラと輝く夜景を求めて更にカーブを曲がる。川も夜景も、二人の過去をすべて飲み込んで、いつの間にか人生を派手に変えていく。間もなく、淀川にさしかかる。十三《じゅうそう》のネオンが夜空を赤に、黄色に、ピンク色に染め上げている。春の夜に、ポワンとしたほのかな彩りを添える。阪急電車が家路に急ぐ人たちを連れていく。みんな、突然の出会いと別れを経験しながら切ない春を迎えていますという心の声が聴こえた。まさに、柏原芳恵の『春なのに…』だ。

菜の花が淀川に揺れている。「青春の心」は春風の中どうなっているんだろう?

FMラジオから懐かしい歌が流れてきた。サクラは「うれしいわ」とニッコリ笑っている。

「これ春来が千里高校一年の時、後夜祭でグランドのステージで歌ってたね」

「ああ、歌った。とても気持ちよかった!」

「でも、歌の意味がわかりだしたのは最近だね」と俺が言うと「経験したのね」とサクラは応答した。当時、大ヒットした細川たかしの『北酒場』。その中で「絡めた指が運命《さだめ》のように心許す」というフレーズがある。今の二人はまさに心を許す関係である。そうなれば、「浮世」はまだまだ捨てたもんじゃない。そんなことを考えていると、ふとあることが浮かんだ。

『太陽の塔』を間近に見るために、俺は千里高校を選んだ……。

これが、青春のすべてだった。太陽の塔が聳え立つあの絵が『感性のルーツ』だったんだ。そして、サクラという女神も降臨した。

自由な春風が淀川を車で通り過ぎる時、二人の髪を靡《なび》かせた。ああ、いつ以来だろう。こんな自由で楽しい『自分時間』は。

青春の分かれ道が阪急電車『十三駅』だったとしたら…？

またあらゆる電車がそれぞれの折り返し地点から戻ってきて『運命の赤い糸』が淀川で並走するスタートラインに立つのも『十三駅』だ。そんなことを考えながら俺はサクラの車に乗って淀川を渡っていた。阪急京都線・宝塚線・神戸線が並走して隣りを走っている。ガタン・ゴトンと何度も音をたてる。俺を見て、サクラは言った。

「運命なんて離れ離れになったり、また再会させたり、悪戯するのよ」

川の中に『浮き輪』が見える。

これは俺の姿か？　運命か？　諸行無常。

「春来、あなたはもう『あと6分』急がなくていいのよ。あたしの胸の中でゆっくりおやすみ！　あの時、つかめなかった春が来たのよ」

女神が言った。

『青春の残像』が淀川を心地よく渡りながら
菜の花と笑い合ってた。
そして青春の残像が唄いだした。

「愛のある坂道」

昨日　YouTubeを　見ていたら
貴方が　向こうに見えていた
あまりに　綺麗になっていたから
なんだか　あの日を　思い出した
どうして　どうして　無常なの！
「愛のある　坂道」
「恋もある　坂道」

赤信号　青に変わる
戸惑いの　時間
いたずらに　過ぎてく
木漏れ陽は　春の日の想い
Pocket に忍ばせ　甘すぎる
恋の味　春風に乗って彼方へと飛んでいく　君のハートに届くかな？
また　春が　今年も　やってくる！

現

Utsutsu

そのまま、私は春風に乗って新幹線の到着する「新大阪駅」のホームにたどり着いた。新幹線が停車する。ようやくだ！　やっと春に戻った。あわてて、乗り込んだ新幹線からホームを見ると何かが躍動している。春の蜃気楼か？　それとも、トレモロか？

何かがゆらゆら揺れている…。

新幹線はそのまま新大阪を走り出した。カタン…カタン…大阪での思い出を捨て去るように加速していく。梅田スカイビルを横目に見ながら、阪急宝塚線を越え、神戸線を越え、「本日は新幹線を御利用いただき誠にありがとうございました」という場内アナウンスを聞くと、モーター音がどんどん速くなってくる。そして、『江崎グリコ』本社がある歌島のカーブに差し掛かる。更に新幹線は加速する。もう後戻りはできない。そんな中、新幹線はどんどん進んでいく。

大阪府と兵庫県の県境である「神崎川」を渡る。新神戸に向かってどんどん前傾姿勢で走っていく。私は、ビデオを回し続ける。どんどん回す。新幹線のスピードに負けないくらいの速さで。すると、いろんなものが見えてくる。

私は、いつの間にか教師になった。そのおかげで大阪に何度も修学旅行で来ることができた。でも、あのときのサクラと過ごした光景を見ることは一度もなかった。また、見たかったが…。

よく思う。あんな素晴らしい景色は一回きりなのかな。36年たった今もあの続きを、偶然を求めている。だから苦しいし、楽しいんだろうな。そんなことを考えながら新幹線の窓越しに目をやると、さまざまな工場群やスーパーマーケット、コンビニエンスストアが見えた。新幹線はなおも走り続ける。六甲トンネルがだんだん近づいてくる。武庫川を新幹線が渡る。甲子園球場や阪神高速が遠くに見えてくる。カクテル光線がとても奇麗だ。

ここは、阪神タイガースの本拠地として有名である。子どもの頃、何度も試合を見に行ったが、一番印象に残っているのは１９７６年９月19日に行われた、阪神と広島の試合でホームランが１試合で９本も出た日のことだ。４人の打者が連続してホームランを打った。本当にすごい試合だった。以来、私はホームランの虜になってしまった。「三つ子の魂、百まで」というが本当に最初にこんな素晴らしいプロ野球の試合を見てしまったので、いつもどんな試合でも、ホームランを期待している自分がいる。そして、必ずホームランが出るといつも思っている。

だから、心は永遠に甲子園で阪神タイガースの一員という自分がここにいる。

一番セカンド中村勝広、

藤田平、掛布雅之、田淵幸一、

マイク・ラインバック、

ハル・ブリーデン、東田正義、池辺巌、

そして江夏豊、江本孟紀、榊原良之、

川藤幸三といった素晴らしい選手たち。

消そうにも消えない、自分の心に神様がくれた輝かしい記憶である。

さらに、新幹線は走っていく。阪急今津線が見える。甲東園と門戸厄神駅の間の区間である。実は、今から50年くらい前に、仁川《にがわ》という駅の黄色い切符を駅員さんからもらいとても嬉しかった記憶がある。いったい仁川って何だろうと思っていたが、自分の彼女サクラが行った大学の近くの駅だった。今思うと、幸せを予言した黄色い切符だったのかなと思う。あの黄色い切符。その彼女が通学していた大学のところを新幹線が通るとは皮肉なもので、新幹線は六甲トンネルに入り真っ暗になってしまった。ここから先は見てはいけない。

19歳の夏以来、彼女からの音信は途絶えた。麦わら帽子の少女がスイカを差し出す絵ハガキを最後に…。

サクラといっしょにあの夏、スイカ食べたかったなぁ。

回想

Kaisou

1

東京での大学時代から現在まで

私は1993年の7月、南武線の電車に乗って西国立から立川へ行く途中の、たった2分間の間に意識不明に陥った。松明《たいまつ》の中から若い女性が妖しげな目でこちらに呼びかけている。気づいてみると乗客の方々に担がれて「大丈夫ですか」と何度も言われた。カッコ悪かったので「大丈夫です」とだけ答えた。そして立川の線路の上を担架で運ばれて病院に連れていかれた。あの時の夏の空はとても高かったなぁと今でも感じる。あれから30年、何を目的に生きてきたのか。その答えを今も探し続けている。

東京での5年間の生活は何だったのか？

私は大阪での幼稚園・小学校・中学校・高校生活に別れを告げ、1988年に東京で大学生活をスタートした。ちょうど、バブル経済の全盛期の頃で、最後の昭和の大学生だった。大学は東京六大学のひとつである明治大学で東京のど真ん中にあった。よくわからないまま大学生活をスタートし、気づいたら下北沢でカルピスサワーを飲みながらストーンズのサティスファクションを路上で踊っていた。仲のいい3人の友達と。あの時食べたホッケの味がわすれられない…。輝彦《テルヒコ》、公俊《キミトシ》どうしてる?

私は、明大の記念館の地下の部室でよくみんなと騒ぎ、鍋パーティーをした。ぐつぐつ煮込んだ鍋の中に何が入っていたかはわからないが、トランペット吹きの仲間がそこで大音量のトランペットを吹いたり、大声で歌ったりしていた。街に繰り出せば、水銀灯に登ったり、道路ででんぐり返りをしたり、東京のど真ん中、駿河台の歩道を猛烈な勢いで走ったりもした。道路に座ってジュースを飲んだり、みんなで「とんかつ駿河」へ食べに行ったり、もう全力で青春を謳歌していたと思う。毎日が東京ど真ん中だった。

みんなどこに行ったんだろう?

とにかく、毎日みんなでワイワイ元気に過ごし、東京中を歩き回り。毎日がイベントのようだった。すべてに全力だった気がする。

友達に頼まれて、面白そうなイベントがあると言われれば東京中、いや、関東圏はどこへでも行った。その行動半径は無限だった。

ある時、夢の島の運動公園に外国人留学生と楽しむオリンピックがあった。そこで友達と楽しく遊んでいたところ、アントニオ猪木が登場し（しかも、前日負傷していたにもかかわらず）偶然、彼のスピーチを生で聞くことができた。本当に迫力のある人だった。

あまりのすごさに聞きほれていると、翌朝のスポーツニッポンの写真に自分の顔が出ていたので、よりびっくりした。

そんなこんなで、大学時代は個性あふれる仲間たちと毎日歩き回った。面白そうな場所へはどこへでも行くのが日課で、朝・昼・晩・真夜中と駿河台・お茶の水・神保町を中心に路上をほっつき歩いた。そのまま電車に乗ったり、歩いたりしながら新宿・池袋・渋谷・荻窪・吉祥寺・立川・日野・上野など無限に心の赴くままに移動した。そして、友達の家に転がり込み、押し入れで寝たり、何日も宿泊したり、みんなで夜間ハイクをしながら途中に屋台でラーメン食べたり、夜中にキムチチゲを食べたり、公園でビール飲んだり、路上でお酒を飲んだり…。もう大阪にいたころの自分ではなかった。やっぱり、友達のおかげだな！　定食屋さんではお代わり自由の店で友達と十何杯かお代わりをしていた。店の人もびっくりしてその後お代わり制限をしだしたとか…。

そんな中、久しぶりに大阪に戻るチャンスがおとずれた。大阪で千里高校3年2組の同窓会があるというので、神奈川のおばさんの家を朝6時に出た。テレビでは、タレントの早見優の英会話レッスンが流れていた。でも、外は真夜中みたいに真っ暗だった。だけど、体の中は何かエネルギーに満ち溢れ、新鮮なたまごのようだった。相模原から小田急に乗って千葉の松戸まで行くと、空はもう真っ青だった。朝って気持ちいいなと思った。家に帰って少し片づけをした後、ぼーっとしていた。全部丁寧に片づけたんでは日が暮れてしまうので少しだけにして、腹を括って東京駅に向かった。これは、大阪に久しぶりに行けるという感覚がそうさせたのかもしれない。常磐線、山手線と乗り継いで東京駅に着くと、迷って改札の周りをうろうろした。たくさん女の子がいてこっちを見るので余計照れた。新幹線の中では窓側に座って、美しい東海道の景色を眺めていた。何て素晴らしいいんだと、その都度感動していた。後ろにアベックがいて、大学時代の話をしきりにしていた。二人とも社会人のようだった。京都駅を過ぎると、あと少しと思った。神崎川が妙にちっぽけに見えた。阪急電鉄の下新庄駅の上を通る時には、「降ろしてくれ」と心の中で叫んだ。そして、新大阪駅に着くと、やっぱり大阪は素晴らしいと何度も思った。

待ち合わせは阪急電車北千里線の豊津駅だったのでタクシーに乗った。時間が経つごとに料金が上がっていき、最後は1200円にもなった。「あんな近いところ、自転車で行けばタダなのに…」と思った。駅で、「誰かこんかなぁ」と待っていると田中君が来た。なんやかんや話していると見覚えのあるノンノン野村君がやってきた。やがて、大内君と大塚君がやってきて、やっと3年2組の雰囲気が出てきた。あとは雪崩のように、みんながやってきた。その勢いでボーリングをして逆転勝ちをし、缶コーヒーをもらった。会場を移動しようと久しぶりに阪急電車に乗って淀川を眺めると、荒川や江戸川より広くて長いなぁと感じた。

やっぱ、淀川はいいなぁ。特に夕暮れ時が…。

大阪梅田駅に着くと、美人の担任の谷和先生や大沢さんと対面して、照れてしまった。頭がポーっとしたまんま、北新地にある赤提灯に入った。そして、気の置けない面々と話しながら、くだらないことで笑い合っていた。

恋人だったサクラが来なくてがっくりきた。でも、そのあと嬉しいことが起こった。「春来、私のこと憶えてる」と心地よい声が響いた。「覚えてるよ、ユリコさんかな?」とジョークをとばして「あっ由起子さんだ!」と言った。すると、「わたし、春来のとなりすーわろ」と言って私の隣に座った。

私は、嬉しくてたまらなかった。彼女の顔を横から見て、「久しぶりだねェ」と言ったきり言葉が出なくなってしまった。そして、潤んだ目でしばらく彼女を見つめていた。そういえば、神戸の三宮に遠足に行った時、「私のとなりにき（来）い」と言って写真撮影したのも由起子だったし、私が浪人してクラス会に行った時に背中をポーンと叩いてくれたのも由起子だった。彼女は何か優しかったし、艶っぽかった。

そんなことを考えていると、ビールが大瓶で何本か出てきたので一人暮らしの習性か、私は自分のコップにビールを入れようとした。すると隣にいた由起子が「春来、あたしがついであげる」と言ってついでくれた。こんなことはめったにないので「ありがとう」と言うと、「春来、あたしについでもらって嬉しい？」と由起子が言ったので、私は顔を赤らめながら「ウン、嬉しいよ」と満面の笑みで応えた。「俺って、素直だから」と言うと、由起子は「まぁ」と言って笑い合った。

私はいい気分になってどんどんビールを飲みだした。しばらくしてビールを半分しか飲んでないと、「ほら、春来もっと飲みィ」と言われ「オォ」と一杯、二杯・・・七杯と飲んでいた。心が止まらなかった。私は、由起子の心のこもったお酌でホカホカ気分で満足してとてもおいしいお酒が飲めた。

すかさず、由起子が「ワァ、春来が飲んだの初めてみたぁ」と歓声を上げた。私も、大満足だった。ほろ酔い気分になった私は、自分の意思とは関係なく舌が回転し始めた。これを勢いというのであろうか。話をしていると、由起子の友達は千葉県の津田沼にいるという。私の家は津田沼に行く途中にあるよと言って、松戸駅からの沿線図を由起子に必死になって説明した。その時、由起子は優しく潤んだ眼差しで私の他愛のない話を聴いてくれた。ピンクのセーターがやけに艶めかしかった。

座は大いに盛り上がり私の大きい声と相まって、そばにいた純子までビールをついでくれた。これにはびっくりした。純子は、シンガポールやフィリピンにいつも行っているらしく日本に飛行機が着陸する前、富士山や東海道を眺めるとホッとすると言った。やっぱり、外国に行くと日本が恋しくなるらしい。

「ところで春来、大阪に来る途中、富士山見た?」と聞かれた。すると私は「寝ていた」と答えた。「もォ」と純子は答えた。「でも、東海道の風景を見ていると美しいし、生きてるっていいなぁと感動するよ」と言うと純子も同調して、「ウン」と頷いた。そのあと、そんな話で私の周りの一座は大いに盛り上がり、話に桜の花が咲いた。不思議なもので、盛り上がってくると人が更に人を呼んでくる。次は、博恵がやってきた。

彼女は、税務署に勤めているので、服装が派手になるのを慎んでいるらしい。じゃないと、周りの人たちが、「お前ら、税金何に使ってんのや」と言うらしい。苦情の電話がかかってくると、論理的に説明し、怒りっぽくならないよう対応するらしい。私が、「怒ってもいいいんちゃう?」と言うと「そんなことできないわ」と博恵は呟いた。

純子は証券会社、由起子は製薬会社に就職したらしい。二人とも凄く喜んで谷和先生に話していた。その表情はとてもイキイキしていた。私は、二人が大人の世界に確実に足を踏み入れていくんだなと感じた。私は、まだ大学に入ったばっかりで就職なんてまだまだ先と思っていた。「へえー働くんだ」というのが私の偽らざる気持ちだった。

担任の谷和先生も「わたしも女性の一人としてお酌させてもらうわ」と言ってくれた。

東京から久しぶりにやってきて、やっぱり大阪の学校で過ごしたんだなと思うと同時に千里高校と言う自由な校風の学校で3年間過ごせてよかった。いい仲間たちと出会えたと言うのが本音だった。

いろんなことに思い巡らせているといつも仲の良かった田川君が「今日の主役は、春来」と持ち上げてくれた。田川君がいたおかげで、いつもクラスは盛り上がっていた。心の大きな人柄に毎回脱帽だ。

最後に、由起子が「高校時代の雰囲気に戻れて本当に楽しかったわ」と言って、私も心の中で頷いた。波長が合うということはまさにこのことかもしれない。そういえば、博恵が「春来の話、風景物が多いね」と言っていた。

その日は、友達の大塚くんの家に泊まらせてもらうことになって、阪急電車の上新庄駅で親友の大内君と一緒に降りた。新幹線がすぐ近くを通っている。途中でたこ焼き屋と、コンビニによってようやく大塚君の家にたどりついた。

大塚君は高校を卒業後室蘭工大に入り北海道に行ったまではよかったが、途中でホームシックにかかって帰ってきていた。でも、北海道に行こうというチャレンジ精神を持っていたのは素晴らしいし、立派なことだと思った。今度は近大の建築学科を受けるそうだ。やっぱり、親元から通うのがベストかもね。そんな話を夜中の3時頃までした。こんなことは珍しい。

高校の卒業アルバムをずーっと見て、誰が可愛いかというたわいもない話をした。アルバムを見ていると、サクラの顔が写っていた。私は、他の人を見ながらもやっぱりサクラの顔ばかり見ていた。今頃どうしているかなと考えながら。こんなに近くにいても電話もかけられない。消しても消しても残像は消えなかった。よっぽど好きだったんだろうな。

何度も食い入るようにアルバムを見た。いつかまた手紙が来ないかなとも思う。もう会えなくなって2年の月日が流れた。今度会うときは胸を張って会いたい。何かに入賞でもして手紙を堂々と書きたいなと思った。

そう思っていると大塚君の妹が現れて、私の大学の生活や高校時代の話をした。とっても可愛くて、優しそうな子だなぁと久しぶりに感じられる人だった。いろいろ話が終わって洗面所に歯と顔を洗いに行き、タオルがないと思って探していると「そこにありますよ」と親切に教えてくれた。「電気つけましょう」と言ってつけてくれた。トイレに行って出てくるまでずーっと待っていてくれた。こんなに女らしい子に接したのは生まれて初めてだった。嬉しかったので「ありがとう」と言った。そして、気分よくぐっすり寝てしまった。

朝は大塚君のおばちゃんと楽しくしゃべって新大阪駅に行った。小倉駅に着くと津川の女王様がいてとてもカッコよくなっていた。でも、声はかけなかった。小倉駅の名物うどんを電車の中で食べながら、北九州の予備校で苦しんでいた時代を回想した。あの年は特に印象に残っている。18年間住んでいた大阪生活に別れを告げ、テレビドラマの「太陽にほえろ」が終わった頃だった。千里高校を卒業し、大阪生活に別れを告げ、何か自分にとっての一時代が終わったような気がした。

2

「あの暗い雰囲気は何だ！」

１９８７年、４月10日、巨人対中日の開幕戦が東京の後楽園球場で行われた。目玉は何といっても、ロッテからトレードされた中日の落合博満選手だ。パ・リーグで３度の三冠王の実績を引っ提げて、プロ野球のメッカ、後楽園球場に満を持して登場してきた。そのオーラは満点だった。その落合選手に真っ向から勝負を挑んだのが巨人の西本聖投手だった。パ・リーグの三冠王相手に、西本投手のえぐるような切れ味抜群のシュートは炎のような回転をして迫ってきた。落合選手の第一打席は完全に詰まったショートゴロだった。あの、落合選手が…と思い、私も落胆した。私のイメージの中では川崎のロッテ時代のようにライトスタンドへ軽々ホームランの予定だった。

ちょうど、その年が後楽園球場最後の年で私も落合選手の姿を間近で見たかった。まだ、大都会東京に最後の戦争の傷跡が残っていながらもバブル経済に入ったころだった。しかし、大学受験に失敗し東京の大学へ行けず、北九州予備校で再起を図る浪人生活のスタートだった。憧れの落合選手の苦悶に満ちた表情を見て、自分も今年は苦戦すると感じたものだった。昨年の、大阪での高校3年生の生活は楽しくて仕方なかった。大阪の阪急電車の南千里の駅前には、仲良く笑った2年連続三冠王同士の落合選手と、阪神タイガースのバース選手のポスターが貼られてあったなぁとしみじみ感じた。しかし、苦しみが多いほどそれが糧となって人生は喜びにあふれたものになっていくだろうと考えながら、私はサクラと別れた大阪での生活を振り返っていた。

心の中にぽっかり彫刻刀で削られたように空いた傷跡は想像以上に大きかった。それを埋めるため、毎日の過酷な浪人生活を心身ともに全力で頑張っていかざるを得なかった。それが、本当に素晴らしい結果に結びつくとは限らないとは思いながらも…。

浪人生活は朝早くの、JR日豊本線の普通列車で、中津駅から小倉駅まで1時間ほどくらいかけて乗り、小倉駅から予備校のある紫川沿いにある中島まで30分ほどかけて歩きながら毎日通った。自転車に歩きと電車を合わせて毎日5時間くらいかけていたように思える。本当に体力だけの勝負だった。そんな中でも、ウキウキすること、ドキドキすることもたくさん経験できた。

今思うと、10代の最後の思い出は、とてもスパイシーだったし甘酸っぱかった。毎日、強炭酸を飲んでいるようだった。

ある時、私は予備校の帰りに息抜きでバッティングセンターへ寄った。ただ、400円がなかったので、友達の立石と二人で200円ずつ出して半分ずつボールを打った。思い切りのいいスイングをしたら、それがホームランフラッグに当たり二人で景品を分け合った。本当に嬉しかった。

そんな、小さなラッキーなことがいっぱい起こってきた。例えば、束の間だったが好きな子ができて二人でお菓子を食べながら小倉駅に歩いて帰った。「オー」「ヨォー」で済むような間柄だった。頭の中は、いつもロックミュージシャンの忌野清志郎の『ベイビー！逃げるんだ』がかかっていた。何をやってもできる気がしていた。朝、自転車で4キロの道を5分で走り、パンクしたら1000mの道を3分でダッシュし、小倉駅から30分間走り汗だくで授業を受け、昼ごはんにまた店まで走る、そんな走って走って走りまくる走り屋の人生だった。また、こんなこともあった。

1987年4月12日

その日は予備校のクラス編成試験があるので眠い目をこすりながら、7時30分に起きた。

8時26分に家を出て予備校へ行った。電車は一本しかないのでこれを絶対に逃すことはできない。電車が発車して山国川を渡り、緑一杯の麦畑を通りながら散在するあちこちの駅を通り過ぎた。好みのタイプの女の子もよく乗ってくるけど、好みが多くて絞れない。そうこうしているうちにあっという間に小倉へついてしまった。どぎまぎしながら（町に慣れていないので）小倉の銀天街の中を通るとアベックがわりとたくさんいた。私も過去数回こういうことがあったなぁと思いながら…。毎日、北九州予備校の中島校舎までひたすら歩き、汗だくになりながら受験勉強に邁進していた。そんな現実に時々、今の自分は昨年の今頃とは想像もつかないような違った環境にいるなぁと感じていた。いったい何なんだろう！

何だって自分が次のステップにいくためのチャンスだと思ってきたし、とにかく毎日精一杯やればいい。そうすれば、脳の視野が広がってくるはずだ。そう私は思った。これは人生の実験なんだと。

ある時、予備校の遠足で三井グリーンランドに行き、最新式の後ろから落ちるジェットコースターに乗った。どうせ、試験も落ちたことだし、後ろから落ちてもいいかと思いながら。でも、頂上で一度停まってから下に落ちるのは結構怖かった。試験に落ちる方がまだましか。その時も、たくさんの友達と写真撮ったりジュースたっぷり飲んだり楽しかった。

予備校帰りにキノッピーという女の子と二人でデートして帰っているところをおやじとおふくろに見つかって、その時に「春来、バイバイ」と言った彼女の姿が忘れられない。キノッピーは可愛かった。

小倉の街は汚かったが、紫川の流れるあたりはさまざまな店が多く楽しかった。それが、俺の１９８７年だったな。

そして、昭和最後の年１９８８年の大学受験は、神様が最初から私をつぶすように4回連続で落ち続けた。おばちゃん・おばちゃん・おじさんの激励を受け、ようやく希望の東京六大学のひとつである明治大学に合格したのは3月過ぎの10回目の試験だった。何だか、とても嬉しかった。神奈川にあるおばの家から通い、ようやくつかんだ栄冠だった。現役から合わせて9回連続で落ち続け、最後はやっとのことで岸にたどり着いたような感じだった。溺れないでよかった。街で、南野陽子さんの『吐息でネット』がいっぱい流れていた。多くのことに打ちのめされながらも、昭和の最後の大学生として、私の東京生活は白い雪の日本武道館での入学式で綺麗にスタートした。雪と桜がよく似合う靖国神社の前で、記念撮影を特攻隊だったおやじと一緒に撮った。

私はおやじが東京駅から去って九州に戻ると、東京生活を頑張ろうと決意した。東京中を実際に自分の目で見るためにテレビをやめた。家には、テレビを置かず街に繰り出した。生まれて、初めて生活する東京は見ること聞くことすべて新鮮だった。一人でいることはとても寂しかったので、いろんな会合に出かけ意見をたくさん述べた。言い過ぎだったこともあるが、何か言わずにはいられなかった。自炊も覚えた。特に見守りに来てくれていたおやじが九州に帰ると、これで本当に東京で独りぼっちだと思った。誰もご飯を作ってくれる人がいない、だから自分で必死に作った。そんな中、憧れの明治大学に通った。お世辞にも校舎は綺麗とは言えなかったが、電車に乗って通うだけで満足だった。電車から見える、お茶の水界隈の桜や神田川がいろんな雑誌で見る風景と同じで、新しい春に「違う自分」になれた気がした。

新しい自分になって、私はありとあらゆる人達に話しかけた。「どこ、出身?」「駅、どこで降りるの?」考えてみると聞かれた方は、「なんだこいつは?」となりそうな内容だ。

でも、私は必死だった。知らない東京、お化けの出そうな明治大学駿河台本部校舎!初めて降りる御茶ノ水駅…。テレビや新聞や雑誌で見た所が、目の前にある。不思議な錯覚が起こり、夢の中を歩いているような感じだった。舞い上がって、腹が減って、富士そばを食べたり、吉野家の牛丼を一週間連続で食ったりするだけでただ嬉しかった。そのついでに、缶コーヒーを毎日10本程度飲んでいた。バカだと思ったが遅すぎた春だった。そうやって、毎日お金を使いまくっていた。

舞い上がった末に、俺は何でもできると思って、夏休みに丹波道場（俳優になるための登竜門）に足しげく通った。芝居をしたい一心だった。劇団四季の福澤さんが、とてもほめ方が上手くて演技の度に「はいよ！」と言ってくれて何でもできそうな気がしていた。俺ってひょっとして大スターになれるかもしれない、なんて野望が頭をよぎった。芝居の稽古が終わると、友達の家が井の頭公園の近くにあったので、そこで飯を食べながら毎日芝居談義をした。とにかく毎日ふらふらしながら、人の家を渡り歩いて過ごした。今思うと、何を考えていたのだろうか。ただ、ただ楽しかった。突然、羽生市の友達の家で一週間過ごしたり、「ありがとう」も度を越えて毎晩友達の家でお酒を飲んだり、そこの家から日光東照宮へ急に行ったり、刹那の人生を生きていた。みんな、ありがとう。

何者かが憑依したのかもしれないけれど以前から見てみたいと思っていた、碓氷峠の急な坂を鉄道で降りる経験もした。その時信政と食べた「峠の釜めし」の味が忘れられない。

鉄道はブレーキを掛けながら、碓氷峠を降りて行った。もう、碓氷峠は線路がなくなり二度と通ることができない。そんな所に連れて行ってくれた友達にも感謝したい。

確か暑い夏の日で、政界も揺れていて宇野総理がスキャンダルで辞めた時だった。夏の、荒川の土手の青く高い空がまぶしかった。広い土手の上に、ボールを目いっぱい打ち込んだ。爽快な気分だった。ボールがどこまでも飛ぶような気がした。私はまさに新しい自分になろうとしていた。夏の汗が、過去を洗い流す。

なんだか自信を持った私は、アルバイトを頑張りだした。当時流行り出していた浄水器を売るバイトを始めた。バイト先では辻君と仲良くなった。そして辻君と行動を共にしていく中で、すごい体験をした。当時、辻君は免許取ったばっかりで車に慣れていなかった。その車に、免許を持っていない私が乗ったのだ。浄水器を売りに赤羽の台地を車でえっちらおっちら上っていた。すると、あろうことかギアを入れ違えたか、車が坂道をまっすぐ落ちだした。まるでジェットコースターのように車はどんどん下がり、間一髪交差点の手前で何とか停まった。危機一髪だった。でも、俺たちは笑い合ってた。今、考えると怖いことだが。当時の俺たちに怖いものは何もなかった。そのまま、昼ごはんを荒川の河川敷で食べ、2時間ぐらい休憩した。川の流れも緩やかだった。1989年、平成元年の夏。

空は青く、高かった。突き抜けるような真昼の気分だったな…。以来、俺たちは妙に仲が良くなり、お互いに浄水器を売りまくった。2人で、2週間で確か30台くらい売ったたな。

私はその頃、記憶を失って自由な気持ちになってあらゆるところへ出歩いた。新宿を歩き回り朝から晩まで何をするあてもなく、高層ビルの間を歩いたり、オールナイトで新宿2丁目でレゲエ音楽を聴きながら奇妙なダンスを汗だくになって輝彦と踊り続けた。ただ、無茶苦茶踊るだけ。いろんな子とワイワイ騒ぎながら酒を飲みまくり、朝帰りをしてただただ楽しかった。サークルに出入りし、ワイワイ騒ぎ、10人以上連れ立って東京の都心をみんなで走り回り、街は景色が流れゆくだけ。空き缶を蹴飛ばし、好きな定食屋に入り、みんなでものすごい量の料理を食べまくる。毎日、生命力以上のパワーを出し続け、トランペットを鳴らし続け、大声を出し奇妙なダンスをストリートで踊り、またその勢いで、ロックンロールをステージで大声で歌い、夜中の街を歩き、屋台でラーメンを食らい、友達の家で雑魚寝し、浮世以上、極楽浄土未満を徘徊していた。夢の中を彷徨っているような感じだったな。その後、昼まで寝て、近所のお店でたまご入りスタミナカレーライス食べてまた、東京中をスタミナ満点でほっつき歩いた。どこまでも無限の自由だった。景色はすべて自分たちのものだった。移動も、人生も限りなく青天井。時には、飲みすぎて意識を失ったまま、気づいたらお湯を出しっぱなしでずっと家で寝ていたこともあった。終電逃して、鉄橋も歩いたことがあったな。とても怖かった。

夜は夜で10人以上の友達と、バイト代を稼いだ奴が支払うという条件でみんなでワイワイ、スタミナ焼肉なんかを食べ、アルコールを飲み東京のど真ん中の歩道で背広のままでんぐり返りをした奴もいた。みんな、大勢で歩く興奮がおさまらないようだった。知らない人間も混じっていてとても面白かった。あれは。いったい何だったんだろう。今でも、私は不思議でならない。不思議だったのか、錯覚だったのか…。現実だったんだ。

１９８８年・１９８９年ごろの私のいた東京だった。

そんなこんなで、私の東京での大学生活はますますヒートアップした。友達から誘われて、１９８９年10月15日、東京夢の島運動公園で行われた世界の留学生のオリンピック大会に飛び込み（というか、ボランティア？）として参加し、世界中の留学生たちと走りまくり、競技を楽しみ大いにエンジョイした。

しめくくりは、何とそこにできたプロレス会場にアントニオ猪木と馳浩《はせひろし》が来たことだ。アントニオ猪木は前の日に不審者に襲われて首を切られたにもかかわらず、闘魂魂で留学生たちのために駆けつけてくれたのだ。私は嬉しくなって、リングにかじりついて猪木を見た。

「皆さん、昨日や、やられました！」という猪木の挨拶がとてもシンプルでカッコよかった。その記事が、翌日のスポーツ新聞に出て私も写っていた。超ラッキーだった。

1990年の思い出といえば、どういう弾みかわからないけど、友達の大隅君と日本シリーズ巨人対西武戦に行けたことだ。どこから、手に入ったチケットかわからないけど「行こか！」と二つ返事で東京ドームに見に行き、西武の秋山選手に魅了されたことだ。あまりにもすべてが上手だった。最後は、巨人の篠塚選手が登場し代打でホームランを打った。篠塚ってしぶといね。

あの年は学校生活にも慣れて怖いものは何もなく、私は東京中をどこまでも動き回った。毎日、電車に乗り、新宿・池袋・お茶の水界隈を10人以上の友達と暴れまわっていた。何を飲んで、何を食べたか、どこに行ったかすべては覚えていないがネオンの光の中でタップリかいた汗、たくさん使ったバイト代だけは記憶に残っている。友だちと記念館の部室でトランペットを吹きながら大声で歌った鍋パーティーが懐かしい。記念館の屋上で、好きな子を誘ってクリスマス夜景パーティーをしたな。東京タワーがまっすぐ見えて本当にきれいだった。

またある時、私はこっそり空き教室で好きな子と二人っきりでリュックにしのばせていたワインを「乾杯！」といって飲んだ。お互いの瞳をじっくり見ながら飲むワインは最高においしかったなぁ！

そんな、思い出のしみこんだ明治大学駿河台校舎・神保町の古本屋街・とんかつ駿河を代表する温かく・素敵な街だったが、私は１９９３年７月26日に去らなければならなかった。本当にがっくりした。死にそうだった。好きで、好きでたまらなかったのに。

最後の瞬間は、せめてもの抵抗で東京駅から新幹線を乗らずに、新横浜から乗った。どうしても東京駅から去りたくなかった。また必ず、東京駅に来てやるという気持ちがあった。30年も過ぎるとは思わなかったが。

そして月日は流れ、30年後の２０２３年7月28日、私は再び明治大学駿河台校舎に登場した。(生きているうちにこんな場面に出くわせてよかった。神様ありがとう。私はそう思った)

やっとの思いで私は30年ぶりに東京を訪れることができた。明大は綺麗になっていたが、街の雰囲気は30年前のまま面影をほとんど残していた。嬉しかった。駿河台の坂はいつも通りだった。フェンスを覆っていた立て看板などはなくなっていた。記念館も消えていた。

そこに、リバティタワーがすくっと建っていた。背が高くかっこよくなったなぁというのが偽らざる心境だった。

俺はここにいたんだと私は叫びたくなった。俺だ！　俺なんだよ！

俺の青春の歓喜・もがき・わめき・苦しんだ味わいのある思い出すべてよみがえってくる。私は街とずっと話し続けた。ここに戻れることを何よりも待ちわびていた。時間がかかった分、彩《いろどり》は増していた。笑顔がこみ上げた。だから、真夏日にもかかわらず爆走・全力で走ることができた。過ぎた年月も全く関係なかった。戻ってくると、神保町の街はいつものように温かく私を迎え入れてくれた。古本屋街もいつもの通りだった。やっぱりホッとする。その後、私は中央線に乗って信濃町で降りた。そして、１９９１年11月16日に大ホームランをかっ飛ばした神宮外苑に向かった。ワクワクした！　どうしても、何が何でも球場に行きたかった。

神宮外苑球場の私が人生で最高に飛ばしたホームランを打った球場も確認できた。あの時のビルは伊藤忠商事の本社ビルであった。秋晴れの快晴の空を、まっすぐな打球がレフトスタンドに向かって一直線に飛び、飛ぶように興奮してベースランニングをした覚えがある。アレが一番野球人生の中で自信になった。あのおかげでチームは全国優勝したし、決勝は横浜スタジアムにも行けたし、自分の干されていた野球人生も補強選手になることでよみがえった。私にとっては今も野球人生最高の聖地だ。今度こそ、伊藤忠商事の本社ビルまで飛ばすぞという人生のエネルギーになっている。そんなことを思い出しながら私は神宮外苑から六本木ヒルズも近い乃木坂まで歩いた。もう、エネルギーは充満している。充満したエネルギーは爆発しそうだ。

翌日、私は仕事を終え、神保町から御茶ノ水駅まで重いかばんを背負いながら汗だくになって歩いた。やっぱ、忘れられない。やっぱ、ここなんだな！　原点は！　そんなことを考えながら…。いいことばっかりあったわけではない、でも青春の汗が、光が、にじんでいる。俺の青春の宝物の街なんだ。東京に来て一生懸命人生の右も左もわからない時に、わからないながらも全力で歩いた街だし、友人たちとワイワイ大騒ぎしながら街を闊歩したし、迷走もしたし、まだ走りたいんだ。

爆走したいんだ！

クラッカーを鳴らし続けたいんだ！

だから、俺は思い出を胸にしまって今日も歩き続けることができる。やっぱ、みんなといっしょにいるんだよな。今は教育の世界にいるが、心はいつも古本屋で本を読んで、喫茶店でコーヒー飲んで、夜はとんかつ「するが」でとんかつを食っている自分がいる。なかなかこれずに、まだかまだかと思った場所へ30年ぶりに来て、3日間過ごせたことは俺にとって極上級に嬉しかった。何物にも代え難い喜びであった。ただ、街にいるだけで満足だった。ただ、「するが」のおやじさんに逢いたかったな。もう、いないかもしれないがいつもあのアツアツのロースかつと共におやじさんはいるんだ。そんなことを私は考えた。

古本を読んでいる。街という本を。街の広告を見て興奮する自分もいる。俺だけにしか分からない会話、俺の思いのこもった神保町。街が友達なんだ。街のドクンドクンする鼓動を息子たちに伝えたい。そんなことを思っていたら、新幹線は新大阪を越えてしまった。サクラは高感度マイクで俺のヘルツを感じ取っただろうか?

今回、30年ぶりに神保町を歩いて私が感じたことは、改めて自分自身の学生時代は東京という、バブル時代の日本の鼓動を毎日感じられる素敵な場所にあったということ。それを噛みしめることができた。これが、今の自分の財産。DNA。

タクシードライバーの川島運転手さんと仲良くなり、友達になれた。話しているうちにバブル期というのは自由な発想で生きることができた、いい時代でもあったんだろうなということを、改めて同時代を生きた人間として語り合った。そんな人に逢えたことが、なお嬉しかった。私は自意識の世界に入り、思った。

「また、クラッカーを鳴らすチャンスはあるかな?」

「春一番、2月29日に吹けよ」

「風は何色?」

「東京中、爆走はできる?」

『できるぞ!』アレッ! 恩師 日野啓三先生の声…

語り合う途中、コンビニによって缶コーヒーを買って店を出ると、サクラのような可愛いスイートに久しぶりに出逢った。

髪を靡かせ、瞳をクルクルさせる後ろ姿に暑かった真夏の終わりをふと感じた。

完

あとがき　Atogaki

『爆走クラッカー 春一番』は「春まで あと6分」という詩をもとに私が書いたものである。思い出していくと、あと6分間の中には青春時代の大切なものが凝縮されていたように感じる。

手を振った彼女を見てこれが最後だろうと思うのは、「その時」に来てほしくない、最後の瞬間が醸し出す独特の空気が主人公の春来（ハルキ）にそう感じさせたのだろう。そして、あの南千里の公園は受験の悩み、不安などを聴きながら二人が冬の季節を歩いていたんだと感じとれる。ところが、信号が青になると、そこに坂が見え、春が見え、その先に今までと違う世界が開けてしまったことで、春来とサクラの閉じられた愛の世界は終わってしまい、二人はそれぞれの人生の大海に漕ぎ出していく。もしくは、行かざるを得ない。そうやって二人の愛は終わってしまうのかもしれない。そこにいた彼女は一年前に現れた「春の使者」だったかもしれないし、もっと大きくみると「人生の使者」だったのかも知れない。ただ、そのような「愛のある坂道」を歩ける時間を、高校3年生の最後の最後に自分が持てたことは本当に幸せだったんだろうと改めて今感じる。なぜ持てたかは神のみぞ知る、自分にはわからないところだ。

当時はそこで終わってしまうことがとても悲しかったし、つらかった。しかし、今思うと東京という未来に向かって爆走させてくれるには最高の苦しいお別れだったんだと思える。青春の終わりと同時に、世の中はちょうど、狂乱したバブル経済の始まりの頃だった。その時代を予言したかのように、私は前年の卒業式でクラッカーを鳴らし、みんなの人気者になった。代償は大きかったが…。

爆走する高校2年生だった。

そのあと、大学受験に失敗し、4月から浪人生活がスタート、遠い九州の果ての予備校生活を経験した。毎日がきつく、「人生まちがったなぁ」と何度も思った。あんなにがっくりした経験はそれまでなかったことであり、当時のことを今考えると、とてもとても強烈なスパイシーな経験をさせてもらったと思う。だから、何としてでも東京六大学に行きたいという、うなされるような情熱がドンドン湧いてきたのだと思う。その背景にあったのはあの１９８７年1月29日の経験であった。また一生懸命人生を生きていけば、あのような経験ができると確信していたんだと思う。

それが、19歳当時の自分の生きる原動力だったんだと感じる。

あれから36年たった今も、私はなんだかわからないが何か生きるための自信やマグマが心の中に充満している。それは、現代を体に感じながら、今を現在を魂を揺さぶりながら真剣に生きることである。真剣に生きていれば、春の空気の中に混じる人々の気持ちや世の中の情勢が見えるのである。今年も、黄色い菜の花や春一番に出会うことができた。そして、若者の情熱にも触れることができた。桜も満開に咲いている。その景色の中に私も私として生きていきたい。何事にも囚われない太陽の塔のもとにある自由な青い空のもとで。あの時のように生きていたい。そんなことをふと考えていると。18歳じゃなかったな…。今。

気が付いたら私も55歳になろうとしている。もうすぐ高校の入学手続きが始まる。息子や娘が明るく屈託のない笑顔で、楽しい高校生活をスタートしようとしている。

2023年3月11日
千里　明大

千里明大（せんり・あきひろ）

1968年生まれ
大学卒業後、いろんな職業を経験し現在に至る。
趣味　野球観戦　お酒

爆走《ばくそう》クラッカー　春一番《はるいちばん》

令和6年9月1日第1刷発行

著　　者　千里明大
発 行 者　田村志朗
企画制作　㈱梓書院
〒812-0044 福岡市博多区千代3-2-1
tel 092-643-7075　fax 092-643-7095

印刷・製本／モリモト印刷

ISBN 978-4-87035-811-9